Special Edition

Hiromu Arakawa

6

Hiromu Arakawa

Comment

처음으로 그린 컬러 일러스트입니다. 컬러링은 아직 하나도 정해진 게 없었기 때문에 칠하면서 정했죠. 그리 풍족하지 않은 산속 마을이라 유르가 입은 옷에는 무늬 등이 없습니다. 초목으로 염료를 만들어서 쓰긴 했겠지만, 데라 씨가 하계에서 염색 도구나 재료를 가져왔을지도 모르겠네요.

연재 예고 일러스트

Hiromu Arakawa Comment

제1화가 게재된 〈강강〉의 표지입니다. 본편보다 먼저 보이는 위치인지라 '뭘 그리지… 스포일러가 되니까 아무것도 못 그리겠어!'라는 상황이라서 골머리를 앓았죠.

월간 〈소년 강강〉 2022년 1월호 표지

제1화 '아사와 유르' 권두 컬러
Hiromu Arakawa
Comment
〈강강〉 표지와 마찬가지로 내놓을 수 있는 정보량이 엄청나게 제한적인 와중에 최선을 다해서 그린 제1화입니다. '이 정도면 그럭저럭…!' 이라고 생각했네요(쓴웃음). 좌우 님에게서 뻗어 나온 깃발은 타르초와 흡사한 이미지입니다.

Hiromu Arakawa
Comment
본편에 좌우 님의 인간형 이 등장한 다음이라 '좋아, 그릴 수 있는 게 늘어났어!'라고 생각하며 좌우 님을 해금했습니다. 이렇게 보니 복근이 잘 보이는 복장이군요. 유르도 활을 다루는 만큼 다부진 체형입니다.
제2화 '오른쪽과 왼쪽' 센터 컬러

월간 〈소년 강강〉 2022년 7월호 표지

Hiromu Arakawa Comment

주인공이 나대라니…. 표지에 나대를 그리는 건 〈강강〉 기준으로 괜찮았던 걸까요(쓴웃음). 유르가 지닌 나대는 박물관에서 실제로 본 것인데, 끝부분이 갈고리 형태로 되어 있고 산에서 일하는 사람이 쓰는 것이라는 설명이 붙어 있었습니다.

Hiromu Arakawa

Comment

아직 불꽃을 튀기며 싸우는 느낌으로 그렸습니다. '중앙을 쪼개서 좌우로 나누는 편이 상품 등에서 써먹기 쉬울까요?'라고 담당 편집자 시모무라 씨에게 물었더니 '그렇죠!'라고 즉시 대답하셔서 이 구도가 되었습니다. 우측과 좌측을 한 장씩 따로 그렸죠.

第7화 '카게모리 가문과 미지의 습격자' 권두 컬러

제10화 '바탕과 화이트' 권두 컬러

Hiromu Arakawa

Comment

피안화로군요. 피안화는 기회가 되면 한 번 더 아사와 함께 그려보고 싶습니다.

월간 〈 소년 강강 〉 2022 년 10 월호　표지

Hiromu Arakawa

밑그림을 완성한 후에 홋카이도로 귀향했는데, 하필 현지에서 가족이 코로나에 걸리는 바람에 돌아올 수가 없게 됐습니다. 밑그림은 작업실에 두고 온 데다가 그림 도구도 없는 상황인데 홋카이도에서 처음부터 다시 그리게 됐습니다. 급히 Amazon에서 종이와 도구를 주문하고, 핸드폰에 저장해둔 러프 이미지에 의지해서 그린 다음, 비행기로 다른 원고를 가지러 오신 타사 편집자님께 겸사겸사 보내달라고 부탁드린 파란만장한 표지입니다. 전부 코픽 마커로 채색했습니다.

Comment

월간 〈소년 강강〉 2023년 3월호 표지

Hiromu Arakawa Comment

활은 역사가 긴 만큼 '인류를 제일 많이 죽인 무기'라고 불리는 모양입니다. 나대 다음은 활과 화살… 살벌하네요. 늘 무기를 지니고 있다니.

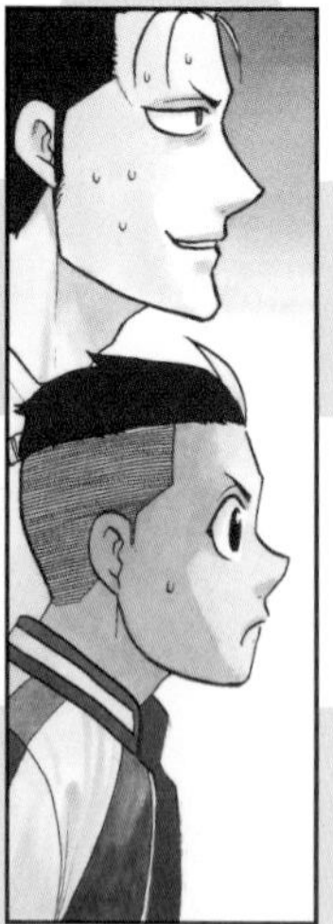

제15화 '형과 아우' 권두 컬러

Hiromu Arakawa

이건 편집자 코멘트가 재밌었던 에피소드죠. 이 권두 컬러 앞의 첫 번째 페이지를 특히 추천합니다.

Comment

〈소년 강강〉 2023년 3월호에 실제로 게재된 컬러 페이지가 이것. 하나와 귀여운 멍멍이, 야옹이의 해피한 일상이, 여러 의미에서 가슴 뛰는 아수라장 같은 나날로 급변…?! 이 인상적인 코멘트와 디자인은 아라카와 선생님도 마음에 드셨다나.

Hiromu Arakawa
Comment
전체적으로 초탈한 분위기로 그렸습니다. 유르가 계속 무뚝뚝한 표정을 짓고 있군요. 아직 웃을 수 없는 거겠죠. 뒤에 단지와 가짜 아사가 있는데, 재회하면 어떻게 될는지. 이제부터 시작이군요.
제19화 '유르와 단지' 권두 컬러

Hiromu Arakawa

Comment

지금까지 유르 쪽을 그렸으니 이번에는 카게모리 쪽을 그려보자 싶었습니다. 진 씨의 얼굴은 풍파에 찌든 것처럼 보이지만, 막내니까 의외로 젊은 20대라고 생각합니다. 반대로 하구레 선생님은 젊어 보이지만, 고생 끝에 드디어 연재가 잘 풀리게 된 사람이라 서른 몇 살 정도일까요.

월간 〈소년 강강〉 2023년 7월호 표지

Hiromu Arakawa

Comment

남매간의 거리가 조금 가까워진 느낌이네요. 그러면 두 사람의 표정 폭이 넓어지니까 작가로서는 고마운 일입니다. 〈강강〉의 표지는 블루 계열로 디자인돼서 무척 상쾌했습니다.

월간 〈소년 강강〉 2023년 10월호 표지

Arakawa Hiromu Comment

가벼운 마음으로 '네임드 츠가이들을 그리겠습니다'라는 말을 꺼냈는데, 실제로 그려 보니까 너무 많아서 생각보다 시간이 걸렸네요. 그림을 완성한 후에 제목을 넣을 공간이 없다는 걸 깨닫고 '제목을 어디에 넣지!'라고 당황했는데, 담당 편집자님이 아주 적절한 위치(두 가브리엘의 이빨과 이빨 사이)에 딱 넣어주셨습니다.

제22화 '자객과 커피' 권두 컬러

〈소년 강강〉은 '친정' 같은 곳

——전작 완결 이후로 수년, 오랜만에 〈소년 강강〉에서 연재를 시작하셨군요.

아라카와 : 〈강철의 연금술사〉를 완결한 뒤에 '잠시 다른 잡지에서 만화를 그리고 올게요. 수행하고 다시 돌아오겠습니다'라고 했었거든요. 다른 곳에서 하던 일이 얼추 안정됐기 때문에 다시 〈강강〉으로 돌아왔죠. '친정'에 돌아온 듯한 안정감이 느껴지더군요. '세상에, 〈소녀왕국 표류기〉가 아직 연재 중이네! 대박!!' 하고 놀라기도 했고요.

——새 연재의 윤곽은 구체적으로 언제쯤 잡혔나요?

아라카와 : 정확한 시기는 기억나지 않는데, 담당 편집자님과 '차근차근히 해볼까'라는 얘기를 했어요. '츠가이'라는 말은 작품 구상 회의 초기부터 나왔던 것 같네요. 주인공과 '인간이 아닌 존재'가 함께 있고, 주인공도 쌍둥이였죠.

——주인공은 처음부터 쌍둥이였군요!

아라카와 : 네. 비축해 둔 소재라고나 할까, 오프닝만 완성해 둔 게 몇 개 있었거든요. 이야기 첫머리에 컬러 페이지가 될 만한 장면의 소재 비축분이 있었고, '츠가이'는 그중 하나였어요. 주인공이 쌍둥이고, 힘을 빌려주는 존재도 2인 1조. 다양한 요소가 '쌍'을 이루는.

——비축분 중에는 아예 다른 장르도 있었나요?

아라카와 : SF 같은 것도 있는데, 〈강강〉은 판타지에 강한 소년만화 잡지잖아요. SF 소재는 굳이 따지자면 청년지에 어울리는 이미지고요. 그리고 SF는 과학적인 요소가 중요하고, 그게 제일 힘든 부분이죠. 전문가의 얘기를 들으며 공부하고 취재도 많이 해야 하는데, 당시에 코로나가 유행하기 시작하는 바람에….

——취재 여행은 고사하고 일상생활마저 제약이 생겼죠.

아라카와 : 그래서 취재를 하지 않아도 시작할 수 있는

▲〈소년 강강〉 2021년 8월호에 게재된 연재 예고 일러스트.

게 낫겠구나 싶었어요. 〈황천의 츠가이〉라면 이미 가지고 있는 자료로 그릴 수 있었고, 오컬트를 좋아하기도 하니까(웃음).

——단행본 제1권 작가의 말에서 언급하신 '언제 쓰게 될지 모르지만 아무튼 보관해 둔 것들' 얘기인가요?

아라카와 : 네. 예전부터 골동품을 좋아해서 다양한 물건들을 모았거든요. 언제 쓰게 될지도 모르는데 일단 사 모아서 작업실을 꽉꽉 채우고 있던 물건들이 지금 도움이 되고 있어요. 기념품 가게에서 산 민속 공예품, 박물관 자료, 무기 등등… 죄다 방출하자! 라는 마음이랄까요. 그리고 〈강철의 연금술사〉 때랑 다르게 이번에는 현대 무기도 내보낼 수 있잖아요. '어쩔 수 없지, 자료용으로 필요하니까—', '화승총도 사야지'라며, 히죽히죽 웃으면서 사고 있어요. 커다란 물건만 자꾸 늘어나네요.

——그러고 보니 예전 인터뷰 때 선생님이 언젠가 그려보고 싶다고 말씀하신 장르가 있었죠.

아라카와 : '고등학생 격투 바보 커플 러브코미디'였던가요(웃음)? 그려도 분명 1화짜리 단편이겠죠~ 아마.

——언젠가 기회가 된다면 그것도 꼭 그려주세요!

무대는 봉인되고 격리된 산성

——유르와 아사, 그리고 히가시무라는 어떻게 탄생했나요?

아라카와 : 일단 처음에는 캐릭터보다 히가시무라의 이미지가 먼저 떠올랐어요. 히가시무라의 모델은 나라현에 있는 타카토리 성인데, 무대는 우선 산성으로 설정했

어요. 전국시대 이전의 '노즈라즈미 양식(자연석을 가공하지 않고 그대로 이용)'으로 쌓은 돌담이 있는 마을이죠. 어시스턴트가 그 돌담을 그리는 게 영 힘들었는지 '우치코미하기 양식(돌을 일정 형태로 가공해서 이용)' 돌담으로 그리길래 '이건 복선이니까, 미안하지만 제대로 그려줘…!'라고 부탁한 적도 있네요.

──성과 돌담이라. 그러한 히가시무라의 문화 풍습은 일본 것인가요?

아라카와 : 베이스는 일본인데, 오랫동안 하계와 격리돼 있었으니 건물, 의복 등은 하계나 다른 지역과도 조금 달라요. 일반적인 하카마는 등 쪽에 단단한 받침대가 있는데, 유르의 하카마는 복부 쪽도 높이 올라와 있고 부츠처럼 생긴 신발을 신고 있죠. 농사일을 하면 복부 주변이 더러워지거든요. 그래서 복부 주위를 꼼꼼하게 감싸고 있죠. 일본 전통 양식과 미묘하게 차이가 나는 방향으로 진화했어요.

──히가시무라는 다른 세상이 아니라, 우리의 세상과 이웃해 있는 거군요.

아라카와 : 네. 히가시무라는 밖에서 보이지 않는다 뿐이지 자연현상은 당연히 일어나고, 비도 내려요. 외부 사람 눈에는 '옛날에 이곳에 촌락이 있었겠지'라고 생각할 만한 흔적이 남아 있는 평범한 산으로 보이지만요. 히가시무라 주변은 기본적으로는 〈토노 이야기〉에 등장하는 토호쿠, 특히 이와테 근처를 이미지로 삼았어요. 유르가 처음으로 마을을 벗어나고 산에서 내려와 하나의 차를 타고 달리는 부근도 전부 토노 지방의 풍경이죠.

──토노로는 실제로 취재하러 가셨다고 들었는데요.

아라카와 : 코로나가 조금 잠잠해졌을 무렵에 취재하러 갔는데, 정말 많이 걸었네요. 엄청 재밌었어요. 〈토노 이야기〉로 유명한 산어귀 마을에 가려고 하염없이 걷고, 사진도 마구 찍었죠. 길가에 웬 석상이 있길래 마침 지나가던 현지 분께 무슨 신을 모시는 거냐고 물어봤는데, 방언이 너무 심해서 전혀 못 알아듣겠더라고요…! 그래서 몇 번을 다시 물어봤는지(웃음).

──하하. 토노에는 캇파와 자시키와라시 전설이 있죠.

아라카와 : 캇파가 나온다는 캇파 연못 말이죠. 〈토노 이야기〉 관련 서적은 다양하게 나와 있으니까 관심 있으신 분들은 꼭 읽어보세요. 불과 100년 정도 전 일인데, 자손 분들이 지금도 그 촌락에서 살고 계세요. 우리가 사는 세계와는 표리일체, 대단히 가까운 존재라는 생각이 들더군요.

──그런 마음에서 태어난 작품이 〈황천의 츠가이〉로군요.

아라카와 : 그렇죠. 어릴 때부터 요괴 같은 걸 무척 좋아하기도 했고요. 츠가이도 '우리 눈에 보이지 않을 뿐이지, 실제로는 주위에 우글거려. 일본 어딜 가도 있다니까!'라는 마음가짐으로 그리려고 합니다.

밤과 낮을 양분하는 쌍둥이, 유르와 아사는 대조적

——주인공의 성격은 어떤 식으로 만들어졌나요?

아라카와 : 〈강철의 연금술사〉의 주인공 에드는 '순간 가열형' 주인공이었으니 유르는 차분하게, 꼼꼼히 생각하고 행동하는 주인공으로 만들자고 생각했어요. '순간 가열형'이면 산속… 특히 유르를 둘러싼 환경에서는 목숨이 몇 개씩 있어도 부족하니까요. 평범한 사람은 살아남지 못할 만큼.

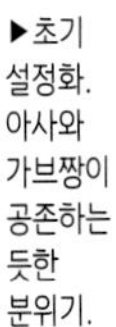

▶초기 설정화. 아사와 가브짱이 공존하는 듯한 분위기.

——그럼 여동생 아사는 어떤가요?

아라카와 : 아사는 처음부터 각오를 끝마친 상황이라 그리기 쉬웠어요. 사실 고민할 여유가 없죠. 주춤하는 순간 목숨이 달아나니까(쓴웃음). 처음에는 좀 더 어린 소녀를 이미지했는데, 연령을 살짝 높여서 고등학생 정도가 되었네요.

——컬러링은 어떻게 정했나요?

아라카와 : 아사는 처음에 악역처럼 등장하기에, 전체적으로 검은색을 바탕으로. 머리도 흑발로 확정돼 있었으니 유르는 머리도 옷도 대조적인 밝은색으로 정했습니다.

——남매간에 성격도 확 다르죠. 유르는 꽤 금욕적인 인상이에요.

아라카와 : 심심하다는 이유로 아침부터 부지런하게 무기를 만들었죠. 다음 싸움에 대비해야 하니까.

——반면에 아사는 히가시무라에서의 첫 등장 장면과 카게모리 저택에서 재회한 후의 인상이 크게 다르죠.

아라카와 : 제1화에서 유르와 재회하고 '내가 아사야, 오라버니. 데리러 왔어'라고 말하는 장면. 사실은 '오라버니!'라고 외치면서 품에 뛰어들고 싶었는데, 꾹 참은 결과 그런 썩소를 지어버렸다고 나중에 후회할 것 같네요(웃음). '오빠 앞에서 너무 사악하게 웃은 것 같아. 어떡해, 가브!'라며 끝없이 한탄하고, 가브짱은 '그래그래'라고 달래면서 들어주고.

담당 편집 3인 체제로 만든 제1화

──제1화를 제작할 때, 콘티 작업은 스무스하게 진행됐나요?

아라카와 : 처음에는 전작 담당 편집자였던 시모무라 씨랑 둘이서 제작 회의를 했는데, 아무래도 둘 다 나이가 나이다 보니 '어디가 아프다', '눈이 침침하다' 같은 얘기만 하게 되더라고요(웃음). 그래서 '새 연재 시동 현장을 보고 싶어 하는 젊은 피가 있다면 꼭 함께 해보죠!'라는 말을 했고, 새롭게 후쿠모토 씨, 타나카 씨가 가세해서 다 같이 제1화의 시놉시스를 논의했습니다. 마을 지도를 보면서 '여기에 유르가 있고, 이러쿵저러쿵…' 같은 느낌으로. 예전에 〈강철의 연금술사〉는 제1화, 제2화 만에 세계관과 주인공의 목적을 전부 설명했다, 라는 감상평을 본 적이 있어요. 그렇다면 이번에는 반대로 해보자 싶었죠. 주인공과 독자는 아무것도 모르는 채 말려드는, 아무것도 해명되지 않는 제1화로 만들자고.

──쉽지 않은 작업이었겠군요.

아라카와 : '사건에 휘말리는 유형'이죠. 주인공은 물론이고 독자 여러분도 영문을 모르는 상태니까, 그 대신에 스토리의 기본 부분은 직관적이고 이해하기 쉽게, 스탠더드하게 짰습니다. 주인공 일행이 뭘 하는지 모르면 재미가 없어지니까요.

──제1화에서 어디까지 그려야 할지 고민하진 않으셨나요?

아라카와 : 좌우 님이 나오는 부분까지는 무조건 넣자! 라고 정해뒀어요. 거대로봇물을 보면 제1화 막바지에 반드시 로봇이 움직이잖아요?(웃음). 그걸 답습했죠. 좌우 님의 흑백 일러스트 배색은 제1화를 그리면서 정했습니다. 선화까지 마친 원고를 복사해서 왼쪽 씨랑 오른쪽 씨의 흑백 밸런스를 보면서 칠했죠. 의외로 즉흥적으로 진행됐네요.

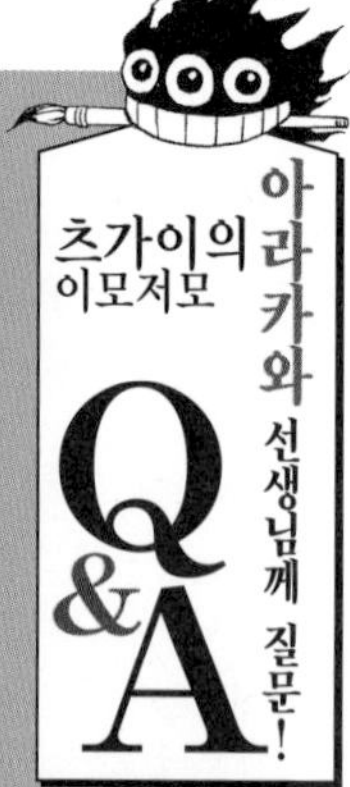

Q 츠가이들의 다양한 능력 중 넘버1을 가르쳐주세요.

A 현 시점에서 제일 빠른 건 토끼예요. 이나바의 흰토끼를 조상으로 둬서 그런지 이 아이도 사람을 살짝 얕잡아 보는 성격인데, '이런, 너무 건방지게 굴면 또 상어한테 당할 거야!' 같은 생각을 하곤 한답니다(웃음). 거북이는 푸근한 성격이고, 현재로선 제일 무겁네요.

Q 좋아하는 요괴나 UMA가 있나요?

A 미즈키 시게루 선생님이 창작하신 백베어드 님이요. 해외 출신이지만요. 그리고 저는 홋카이도 사람이라 코로보쿠르도 좋아해요. 비가 오면 머위 이파리 한 장 아래 몇 명씩 모일 수 있을 만큼 자그마하다고 하죠. 그런데 홋카이도 친정 근처에서 볼 수 있는 머위는 2미터 가까이 자라거든요. 그 머위를 기준으로 삼으면 그렇게 자그맣진 않겠네요(웃음).

캐릭터 조형이 3배!
매력적인 츠가이들

──캐릭터를 만들 때는 인간(주인)이 먼저인가요? 아니면 츠가이가 먼저인가요?

아라카와 : 둘 다입니다. 만화가인 하구레 선생님을 등장시킬 때쯤에 어떤 츠가이를 붙여줄지 생각하다가 '역시 바탕과 화이트겠지'라고 생각했고요. 캐릭터를 만들 때 드는 품이 3배예요. 한 인간에게 츠가이 한 쌍이 있고, 각각 성격과 외모가 있으니까요.

──츠가이의 능력도 재미있어요.

아라카와 : 너무 복잡하지 않은, 심플한 조합으로 만들려고 노력하고 있습니다. 츠가이는 제2형태, 제3형태를 생각하는 것도 즐거워요!

──츠가이는 반드시 주인의 지시를 따라야 하는 건 아니군요.

아라카와 : 성격이 있으니까요. 음양처럼 안 맞는 계약을 하는 경우도 있고요.

──저번 주인에게 돌아갈 거냐고 아사가 물었더니 입술을 못마땅하게 내밀었죠.

아라카와 : 싫은 거죠(웃음). 저번 주인은 꽤 좋아하는 편이라 또 등장시킬 생각입니다. 그는 도박꾼이니 경마장 같은 곳에서 데라 씨랑 엇갈린 적이 있을 것 같네요. 우연히 옆에 있고, 서로 마권을 집어던지며 '아아아아' 하고 탄식한다든지.

Q 츠가이 구사자가 될 수 있는지 여부는 혈통으로 정해지나요?

A 피의 계약을 맺으면 누구든지 될 수 있어요! 지금 츠가이가 안 보여도 말이죠. 히가시무라에 '안 보이는 사람'이 많았던 이유는 히가시무라에는 의외로 츠가이가 없었기 때문입니다. 폐쇄된 장소라는 이유도 있죠.

Q 츠가이는 뭘 먹나요?

A 츠가이들은 식사를 하지 않습니다. 그리고 잠은 자는 아이도, 안 자는 아이도 있어요. 좌우 님은 안 자는 쪽이네요.

단단하기로는 가브리엘이 넘버1이고요. 참고로 좌우 님은 만능 타입이라 능력치가 전반적으로 높고, 돌이라서 단단합니다.

400년 전의 일, 남매의 미래는

——등장인물과 츠가이가 늘어나고, 배후 세력도 윤곽을 드러내기 시작하며 점점 눈을 뗄 수 없는 〈황천의 츠가이〉인데, 앞으로 주목할 점은 뭐가 있을까요?

아라카와 : 앞으로 해야 할 일이 꽤 많아요. 유르와 아사의 부모님 얘기는 빼먹을 수 없고, 생사 여부도…. 이반은 자기가 베었다고 주장하는데, 칼끝이 스쳤을 뿐일 수도 있으니까요. 그리고 오키나와에 계신 할머니도 구하고 싶어요.

——이 책이 발매될 무렵에는 단지와도 다시 웃으면서 만나면 좋겠네요.

아라카와 : 단지, 가짜 아사와의 재회. 당장 중요한 건 그 부분이겠네요. 그리고 작가로서는 어떻게든 남매에게 호적을 만들어주고 싶어요(웃음). 병원에 가야 할 때 등이 걱정되니까요. 그리고 종종 언급되는 '400년 전'. 그건 일본이 동서로 나뉘어서 싸운 큰 전쟁을 가리킵니다. 1600년에 미노에서 벌어진 '세키가하라 전투'에 츠가이가 관여했는지 어떤지….

——그러고 보니 전에 오른쪽 씨가 '이번 주인은 자상하구먼'이라고 했었죠.

아라카와 : 400년 전의 주인은 그렇지 않았던 거겠죠. 그때는 쌍둥이 중 한쪽은 되살아나지 못했어요. 400년 전에 어떤 일이 있었는지도 앞으로 밝혀질지 모릅니다.

——역사 마니아들이 입맛을 다실 전개겠네요!

아라카와 : 이름은 안 나왔지만, 작중에 홍법대사도 등장했어

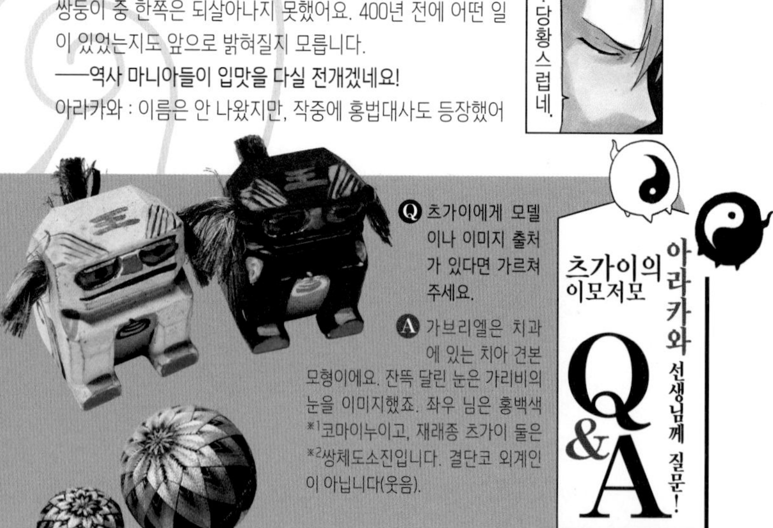

아라카와 선생님께 질문! Q&A
츠가이의 이모저모

Q 츠가이에게 모델이나 이미지 출처가 있다면 가르쳐 주세요.

A 가브리엘은 치과에 있는 치아 견본 모형이에요. 잔뜩 달린 눈은 가리비의 눈을 이미지했죠. 좌우 님은 홍백색 ※1코마이누이고, 재래종 츠가이 둘은 ※2쌍체도소진입니다. 결단코 외계인이 아닙니다(웃음).

※1 코마이누(狛犬). 일본의 신사, 사찰 입구 등지에 놓인 개 형태의 조각상.
※2 쌍체도소진(双体道祖神). 길의 악령을 막고 행인을 지켜 준다 여겨지는 전통신앙신.

요. 테나가, 아시나가를 야모산에 봉인하는 걸 도와준 행각승이죠. 홍법대사는 참 대단하죠. 못 하는 게 없으니까.

──여러 명이 있던 게 아닌가 하고 생각할 만큼 많은 전설이 남아 있죠.

아라카와 : 그건 불교의 총본산인 고야산의 승려들이 홍법대사의 가르침을 전파하려고 일본 각지에서 행한 일이, 전부 홍법대사 한 사람의 업적으로 전해지게 된 거라는 설이 있어요. 일례로 홍법대사가 팠다는 우물을 일본 전역에서 찾아볼 수 있는데, 한 사람이 평생 동안 팔 수 있는 숫자가 아니라고 해요.

──그렇군요! 납득했습니다. 400년 만에 해방된 좌우 님. 그리고 400년 만에 태어난 쌍둥이 유르와 아사. 지금은 떨어져 있는 두 사람이 모였을 때, 대체 무슨 일이 일어날까요?

아라카와 : 글쎄요, 무슨 일이 일어나겠죠?(웃음). 해(解)와 봉(封)은 어떻게 쓰느냐에 따라 편리한 일을 할 수 있지만, 무척 끔찍한 일도 저지를 수 있으니까요.

──유르가 각성하면 안대를…?

아라카와 : 무언가 변화하긴 할 거예요(웃음). 가령 한쪽 눈이 아사처럼 변화한다고 해도 그 앞머리로 가릴 수 있겠죠. 그런 점까지 고려한 캐릭터 디자인이에요.

──중대한 정보를 들었네요! 그럼 마지막으로 독자 여러분께 한 말씀 부탁드리겠습니다.

아라카와 : '앞으로도 읽어주세요!' 정도겠네요. 말주변이 없어서 양해를 바랍니다. 앞으로 이야기는 쌍둥이의 앞길을 하나씩 가로막는 것처럼 전개됩니다. 주위 사람들이 모두 (유르가) 죽는 걸 바라는 상황인 만큼 궁지에 몰릴 요소밖에 없으니까 말이죠. 그러므로 아군이 생기면 무척이나 든든합니다. 무엇이든 짝을 이루고 있으니 적이 늘어나면 늘어날수록 아군이 믿음직스러워집니다. 두 사람에게는 가혹한 상황이 좀 더 계속될 것 같지만, 앞으로도 재미있게 읽어주셨으면 좋겠습니다.

──기대하고 있겠습니다. 오늘 이렇게 시간을 내주셔서 감사합니다.

(2023년 9월 중순, 모처에서)

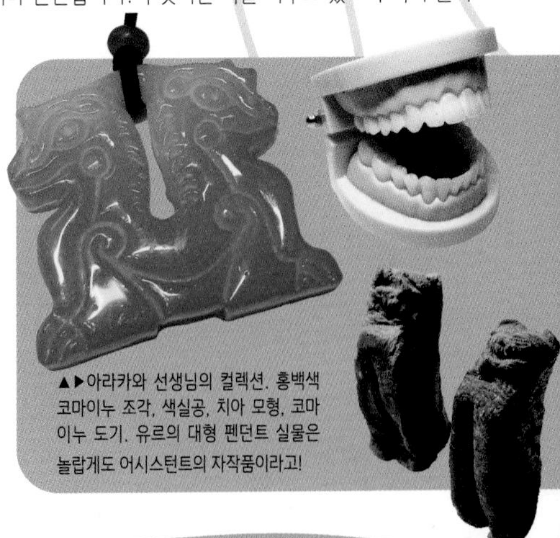

▲▶아라카와 선생님의 컬렉션. 홍백색 코마이누 조각, 색실공, 치아 모형, 코마이누 도기. 유르의 대형 펜던트 실물은 놀랍게도 어시스턴트의 자작품이라고!

외양간 일기
즐거운 취재! 편
초가이의 소재로 쓰기 위해서 민담이나 전설 등 오컬트적 요소가 있는 곳에 취재하러 갈 때가 많습니다
취재 겸 취미 겸, 자료 사진을 찍기 위해 찾아간 구 일본군이 판 어떤 동굴로
으허어어어어
무서워어어어
퐁당―
퐁당―
※ 관광지입니다.

동굴을 서둘러 둘러본 후 맞은편 기념품 가게로
무서워 무서워

검색해 봤더니 여긴 공포체험 명소래요…
유령이 나온다고 …
으에에에엑, 이상한 게 찍히면 어떡하죠…!!

기념품 휴게소
이야~ 동굴 진짜 무섭더라고요
뭔가 나올 것 같아서
여기가 공포체험 명소라고 들었는데요
공포체험 명소?

헛소문이야
──!!!
와하
하하
하햣

동굴을 팔 때
가혹한 노동으로
죽은 사람의
영혼이라는
소문이…
하
하하
하하
뭐?
금시초문인데!!
죽은 사람
없어!!
이곳
지층은
부드러워서
파기도
쉽고
기념품
판매소

다른
동네의
어떤
연못에서는
옛날에 높으신 분이
자기에게 반항하는
마을 주민들을 많이 죽이고
이 연못에 버려서
물이 피로 물들었다는
전설을 들었는데요
피?

헛소문이야
──!!!
크하
하
하
하
하

확실히
관리랑 싸우다가
지긴 했는데,
그때 몰수당한 무기를
이 연못에 버려서
녹 때문에 빨갛게
물들었지!
와하햣
피가 아니라고──!

또 다른
동네의
○○의
성지라는
소문을 들은
장소
오래전 이 땅에
○○의
주민들이 모여서
제사를 지냈다는
전설이…
헛소문이야
이래서
현지 청취
취재를
그만둘 수가
없습니다.
와하하
하하
그리고
예정했던
소재를
못 쓰게
되죠(웃음)

챔프 코믹스

황천의 츠가이

제6권 특별판 소책자

별도 판매 금지

2024년 8월 23일 초판 인쇄 2024년 8월 31일 초판 발행

저자_ **Hiromu Arakawa**

역자_ 원성민

발행인_ 황민호
콘텐츠1사업본부장_ 이봉석
책임편집_ 조동빈/장숙희/윤찬영/옥지원/이채은/김정택

발행처_ 대원씨아이(주)
주소_ 서울특별시 용산구 한강대로 15길 9-12
전화_ 2071-2000
FAX_ 797-1023
등록번호_ 1992년 5월 11일 등록 제1992-000026호

YOMI NO TSUGAI vol.6 SPECIAL EDITION

· 문의_ 영업 2071-2075
편집 2071-2027